Sp J ORA 30 4/16 3/16

Oram, Hiawyn.

Alex quiere un
dinosaurio /
MX 8/03 4/03   FAIR OAKS

D0529795

ALEX
QUIERE UN
DINOSAURIO

Primera edición en inglés: 1990
Primera edición en español: 1993
Primera reimpresión: 1995

Coordinador de la colección: Daniel Goldin
Traducción: Catalina Domínguez

Título original: *A Boy Wants a Dinosaur*
© 1990, Hiawyn Oram (texto)
© 1990, Satoshi Kitamura (ilustraciones)
Publicado por Andersen Press Ltd., Londres
ISBN 0-86264-291-4

D.R. © 1993, Fondo de Cultura Económica, S.A. de C.V.
D.R. © 1995, Fondo de Cultura Económica
Carr. Picacho Ajusco 227; México, 14200, D.F.
ISBN 968-16-4114-0

Impreso en Colombia. Panamericana, Formas e Impresos, S.A.
Calle 65, núm. 94-72, Santafé de Bogotá, Colombia
Tiraje 5 000 ejemplares

ALEX QUIERE UN DINOSAURIO

HIAWYN ORAM
SATOSHI KITAMURA

LOS ESPECIALES DE
A la orilla del viento

FONDO DE CULTURA ECONÓMICA
MÉXICO

Ben tenía un perro.
Alicia tenía dos caracoles.
Alex quería un dinosaurio.

Tumbado en su cama, Alex lloriqueaba y gimoteaba.

—Pero yo quiero un dinosaurio —decía—; un dinosaurio, eso es lo que quiero.

Hasta que su abuelo dejó a un lado su saxofón, se puso su sombrero y su abrigo y dijo:

—Si Alex anhela tanto un dinosaurio, ese niño debe tener un dinosaurio…

...y lo llevó a la Dino-tienda.
   La Dino-tienda era grande y cristalina.
Ocupaba casi toda la avenida.
Ciertamente éste era el lugar indicado
para alguien que quiere un dinosaurio.

En la planta baja estaban los dinosaurios adultos.
En el primer piso estaban los dinosaurios jóvenes.
En el sótano, los bebés hadrosaurios chapoteaban
en el hadrocuario.

En el piso de arriba los pterosaurios planeaban en la pterosauriera, y en el segundo piso había todo lo que se pudiera ofrecer para un dinosaurio.

Primero Alex pensó que quería un triceratops. Después que mejor quería un fabrosaurio. Luego cuando casi se había decidido por un diplodoco, vio al masospóndilo y, a su vez, el masospóndilo lo vio a él,

y se acercó, se tumbó de espaldas, puso los ojos en blanco y le
lamió la mano a Alex.

—Le pondré Fred —dijo Alex.

—Pero es una hembra —dijo su abuelo leyendo el letrero—, ¡una
niña que come de todo, carne y plantas!

—Entonces le pondré La Que Come de Todo, pero le diré Fred, es
más corto —dijo Alex, y pidieron las cosas que ella necesitaría.

Le colocaron el collar y la correa y se encaminaron a casa.

Cuando llegaron, Alex no se aguantaba las ganas de ver a Fred comer… dos bolsas de fósiles remojados en toda la leche que había en el refrigerador, un tonel de licopodio deshidratado, tres sacos de agujas de pino, la ropa lavada, las calabazas de la casa de al lado y un mordisco al gato del vecino de su vecino.

—¡Alex! —dijo su madre—. ¡Esto es realmente demasiado!

Pero Alex no le hizo caso.

—No para un dinosaurio —dijo—. Para un dinosaurio es sólo un bocado…

y subió corriendo las escaleras, llenó la tina de agua
caliente, le añadió un poco de Polvo de Pantano Instantáneo
y puso a Fred a remojar un largo rato.

—Alex —exclamó su padre, de vuelta del trabajo—, ¡tener
un pantano en casa es bastante insalubre!

—No para un dinosaurio —replicó Alex malhumorado—.
Para un dinosaurio es perfectamente natural…

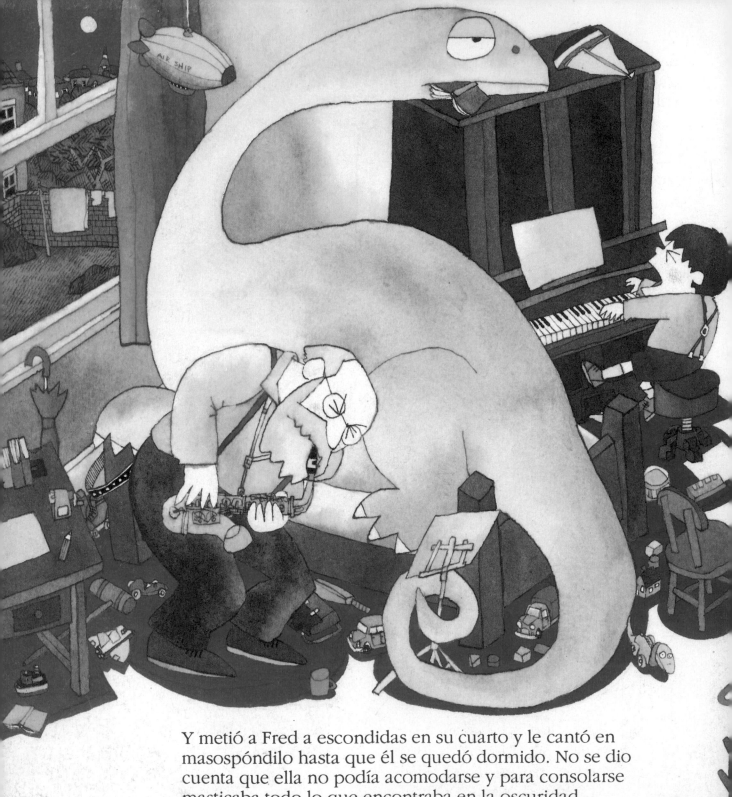

Y metió a Fred a escondidas en su cuarto y le cantó en
masospóndilo hasta que él se quedó dormido. No se dio
cuenta que ella no podía acomodarse y para consolarse
masticaba todo lo que encontraba en la oscuridad.

Cuando la mamá de Alex entró al cuarto a la mañana siguiente, alzó los brazos y se sentó en el filo de la cama, gimiendo y llorando.

—¡Pero esto es terrible! —sollozó—, ¡es monstruoso y prehistórico!

—No para un dinosaurio —explicó Alex con toda la paciencia que pudo—. Para un dinosaurio es más como estar en casa…

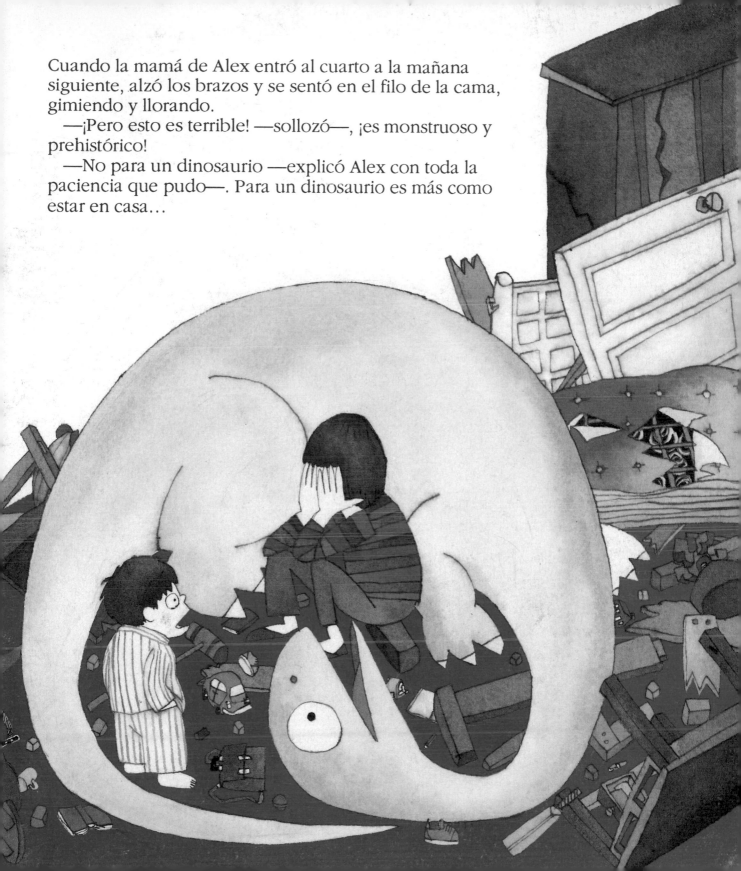

Y se vistió y le puso a Fred su collar y su correa y se fue a la escuela. En el camino, Fred divisó un camión que estaba dando vuelta a la esquina y saltó a la calle y lo embistió.

El chofer se puso furioso.

—¡Qué le pasa! —gritó—. ¡Éste es el mejor camión de mi compañía!

—No para mi dinosauria —le gritó Alex con rabia—. ¡Para mi dinosauria probablemente es un *Tiranosaurus Rex!*

Y se llevó arrastrando a Fred hacia la escuela. Los amigos de Alex estaban muy emocionados de tener un dinosaurio en el rincón de las mascotas, pero la señorita Jenkins no estaba tan segura.

—Un salón de clases es un lugar para sentarse quietos, para escuchar y aprender sin distracciones —dijo.

—No para mi dinosauria —dijo Alex—. Este salón la está haciendo sentirse muy, pero muy, mal.

Y se fue corriendo por su abuelo y llevaron a Fred al veterinario. El veterinario revisó la lengua de Fred y escuchó su corazón y le puso una luz frente a los ojos. Preguntó acerca de la lucha con el camión y le sacó unas radiografías para ver si no tenía algún hueso roto.

—¿Y bien? —susurró Alex—. ¿Qué tiene? ¿Qué le pasa?

—Nada que no cure un largo y bonito paseo por el campo —dijo el veterinario.

Y allí, entre los campos de borregos y los pajares, Fred se reanimó. Brincaba y retozaba, avanzaba pesadamente a zancadas y no se iba detener hasta llegar al otro lado de un gran bosque de pinos.

Al seguirla, Alex entendió la razón. A todo su alrededor se extendía un viejo pantano bordeado por árboles gigantes de licopodio. Fred se irguió en sus patas traseras y corrió hacia allá.

—¡Oye Fred! —gritó Alex—. ¡Ahora sí, esto es demasiado!

—¡NO PARA UN DINOSAURIO¡ —gritó el abuelo de Alex y con un grito ahogado…

…Alex se despertó. Durante un rato permaneció en su cama no masticada, bajo las cobijas no masticadas, y pensó en sus sueños sobre un dinosaurio.

Entonces llamó a su abuelo.

—¿Síp? —dijo su abuelo.

—Cuando tengamos una mascota, creo que debe ser…

—¿Un conejo? —dijo su abuelo…

—Exactamente. Y tampoco la llamaremos Fred —dijo
Alex con un suspiro de alivio.